KB130979

O형 엄마
B형 자식들

이경원 시집

청어

O형 엄마, B형 자식들

이경원 시집

그녀가 글을 보내왔다

주진희
(『쉼, 아직도 나를 설득해야 할
일들이 남아있었다』저자)

그녀가 글을 보내왔다. 아이 셋을 낳고 키우면서 순간순간 느꼈던 환희와 경이, 그리고 고단함을 표현한 수십 편의 산문시였다. 아이들에게 남기고 싶은 마음에 책으로 엮지만, 너무 사적인 글인가 싶어 부끄럽기도 하고 걱정스럽다고 했다. 나는 그렇게 생각하지 않는다. 이경원의 시는 한 가지는 빠져 있고 다른 한 가지는 있다.

글이 된 지난 얘기는 견딜 만하다. 견딜만하다 뿐인가, 입가에 미소가 새고 주책맞게 솟는 눈물도 웃음의 한 버전이다. 그러나 글이 되기 전, 글이 되어야 했던 사건 하나하나는 어떤가, 안타까움과 조급함, 두려움이 섞이지 않은 게 없다. 그래서 부모가 쓰는 자식 얘기는 아무리 감춰도 팔불출을 못 면했거나 기껏해야 극복담이기 쉽다. 이경원의 시에는 그것이 없다.

대신 이 시에는 아이들만이 살아있다. 주인공은 오롯이 아이들이다. 웃기고 신기하며 가슴 철렁한 아이들이 거기 있다. 엄마는 아이들을 그저 지켜본다. 그 시선이 시가 되었다. 이 시를 읽는 독자들은 이내 시인의 시선으로 옮겨 갈 것이다. 그리고 시 속에서 뛰놀고 있는 자신의 아이를 보게 될 것이다. 이경원의 시는 솔직담백하다, 유쾌하다. 함께 즐거운 추억에 빠지기를.

시인의 말

28년 전 첫 장을 펼쳤던 육아일기 중 일부분을 짧은 이야기로 엮었습니다. 내가 육아일기를 쓰기 시작한 나이만큼 자라 성인이 된 두 딸과 아들에게, 책으로 만들어 주고 싶다는 바람으로 내어놓습니다. 말랑말랑한 아가들의 품에 안겨볼 수 있는 시간을 나누어 드립니다.

이경원

차례

2부
___
줄서기

1부

엄마는 뽀빠이

흰머리 가득하여도 좋으니
힘든 이 시절이 빨리 지나가기를 소망하며
자식들을 키웠다.
스무 살부터는 독립하여
무엇이든 스스로 정하고 스스로 책임지라고
입이 닳도록 가르쳤건만
정작 내가 독립해야 한다는 것을 미처 몰랐다.
텅 빈 집, 아이들의 빈 방을 서성이다
아직도 생생한 그들의 달콤한 살 냄새를 추억하며
오래된 일기장을 뒤적인다.

자격증

아이가 까무라쳤다
젖을 빨다가
태어난 지 20일
못 먹어서이다

배고파도 우유병 꼭지를 싫어하는 아이가
잘못일 리 없다
젖이 나오는지 아닌지도 모르고
품에 안고 좋아라만 했던

부모는 되기만 하였을 뿐
자격증은 없는
폭군이다

옹알이

뱃속에서 들은 말
하나 둘 붙여 연습하는
알 수 없는 방언

엄마는 대변인
할머니는 이야기꾼

만나서 반가워요
계속 안아주세요
더 세게 흔들어 주세요

아빠가 안고 있는 건
많이 불편해요!

질투

태어난 지 10개월
온 가족 뿌리치고
엄마만 찾는다

섭섭한 할머니
엄마에게 말씀하신다

둘만 있으면 괜찮으니 방으로 들어가거라

그래도 달래어지지 않으니
젖꼭지를 물려 보다가

불현듯 확신에 찬 목소리로

빨간색 꽃무늬
그 옷 입지 말거라

똥 치우는 남자

요즘 너의 아빠 18번이다
너는 똥 싸는 여자
나는 똥 치우는 남자

네가 똥을 쌀 때마다
노래 부르는 아빠
배꼽 잡는 엄마

아가를 처음 만난
부모는
바보들이다

블루스

배고픔만 해결되면
방긋방긋
소리 없는 웃음이 얼마나 환한지
나는 알았네

누워 하늘로 긴 팔 뻗치고
모빌처럼 가볍게
허공으로 오르네

고무장갑 된장국
냄새나는 엄마여도

사르르 안고
춤추는 내 아기

조카 바보 1

젖 먹는 시간 기다리다가
아이보다 먼저 보채는 고모

하루 종일 씨름하다가
겨우 잠든 아기
깨우자고 떼를 쓰는

간지러운 입
속마음 알고
내 아기
대신 자랑해주는

조카 바보

조카 바보 2

식구들 답답한 속
아랑곳없는 책벌레 삼촌
밥을 먹어도 책 반찬
심부름은 노노

아기가 칭얼대면
나보다 먼저 달려가는

두 팔에 안고
책 볼 때마다 흔들어 주는

원망스러운

조카 바보

기도

내일은 무슨 날이지
일요일, 교회 가는 날이지
가서 뭐 하는데
기도하지
—묻는 내가 바보라는 진한 어투다
무슨 기도 할 거야
으음
신차순 할머니 다 나았으면
이제 그만
하늘나라에서 내려오라고

비밀

이른 시간 퇴근을
지각한 사람처럼 헐레벌떡

키가 큰 할아버지
작은 목욕탕 가득 채운 몸으로
기저귀 빨래를 한다

똥기저귀 오줌기저귀
반가워라 하시며

약속한 백일을 다 채운 날

"둘째부터는 네가 하거라"

삼각관계

유치원에서 돌아온 다섯 살 딸에게
오늘 무얼 하고 놀았느냐 묻는다
갑자기 코가 빨개지게 울먹하며
자기가 어떻게 태어났는지를 배웠다고 한다
아빠가 엄마를 사랑해서
아기씨를 준거라고
이번엔
아예 울음보를 터뜨린다
나도 아빠를 사랑하는데
나한테는
왜
아기씨를
주지 않았느냐고

친구

여섯 살 딸이
두 번째로 머리가 뜯겨 들어온 날
두 손 꼭 잡고 야무지게 일렀다

너도 때려주라고

동그란 눈을 서늘하게 뜨고
묻는다

아프게 때려줘도 돼에?

피붙이

오늘은 유치원 발표회
어느 아이가 무엇을 해도 신통하고
사랑스러운 날
피붙이가 나오면
팬심 수위가 달라진다

찰흙으로 빚은 달팽이가
살아있는 것 같다고
칭찬을 받는 여섯 살 내 피붙이

앞에 있던
그녀의 네 살 피붙이가
벌떡 일어서며
앙증맞게 소리친다

우리이 언니가아 만든 거예요

눈치싸움

볼링핀들이 쓰러진다
쓰러지지 않은 것들을 야단치듯 때려눕히고는
다시 세운다
마루 한쪽 끝에서 다른 쪽 끝으로
공이 또 구른다
핀을 넘어뜨린다

잠깐 사이에

세 살 둘째
가여움을 연기하며
기대 가득한 눈으로 나를 본다
나도 본다
전혀 반응하지 않으며

아이는 기어가
핀을 다시 일으켜 세운다

요즘
하루에도 몇 번이나
굳은 마음으로 다리를 묶는다
내 몸이 저절로 나가지 않도록

열애

다섯 살 아들은 사슴벌레와 연애 중

성긴 플라스틱 통 안으로 들어갈 모양이다
초상화를 그려 주고
사슴벌레 그림책을 모아
명품가방처럼 늘어놓았다
오늘은
토이스토리*를 같이 보다가
그 옆에서 쭈그리고 잠을 잔다

사랑을 하려면 저 정도는 해야지

마음에 없는 말이다

고소한 냄새 풍기며 품 안으로 찾아 들던
아들의 외박에 토라진 엄마
마악 잠이 들려는 찰나
다급한 울음소리에 벌떡 일어난다

먹이가 떨어진 것이다

내 아들 애지중지에
허둥지둥 엄마 아빠
대형마트로 달려간다
젤리뽀를 구하러

* 만화영화 제목

벌세우기

무슨 일에 마음을 맞추지 못했는지
코가 빠알간 언니와
입이 뿌루퉁한 동생이 결국은 때리며 싸운다

물 묻은 손으로 두 아이를 떼어
마주 앉혀 놓고
손을 들게 한다

삭이지 못한 분을
눈물로 받아내는 볼들이 하도 예뻐서
얼싸 안고 웃으려다
아빠를 사진사로 부른다

솜방망이처럼 생긴 팔 네 개
눈물을 머금은 까만 눈 네 개

하루 종일 들리는 언니야 소리
마치 한 몸처럼 움직이는 그 둘 사이에도
전쟁은 있다

찰칵

재산싸움

이른 아침
저녁잠이 많은
둘째가 운다
유치원 가방을 안고

언니의 가방을 뒤져 무언가를 열심히
옮겨놓는다

다음엔
아침잠이 많은
언니가 운다
동생의 가방을 뒤적거리며

인형 그린 구겨진 공책
풍선껌 종이
색종이로 접은 당근
까만 고무줄
옷에 달려있던 가소로운 브로우치

아침마다
두 아이의 재산싸움에

조용할 날 없다

효녀

할아버지는 소파에
할머니는 전화에

말을 배운 지
얼마 되지 않은 딸은
조르다 기다리다 울기 직전
마늘 까는 엄마는
곧
곧

할아버지 마늘 깔 줄 알아?

그러엄

그럼 마늘 까

엄마는
나랑 나가서 놀게

약속

고층에서 보니
스케이트에 몸을 실은 두 딸이
나비 같다
팔을 휘저으며
뭐라 소리치며
몇 바퀴를 돌아
속도가 빨라지고 아파트 입구에 다다른다
내 몸의 피가 얼굴로 확 쏠린다
순간
아이들이 스케이트를 벗어 안고 밖으로 사라진다
부끄러움으로 멍하니 안도한다

온몸에 먼지 때 잔뜩 엎고 들어와
시커먼 양말을 벗으며
둘이 합창한다

스케이트 타고는 절대로
단지 밖으로 나가지 않기로 했쟈나아

휴가

보름 뒤면
일곱 살, 다섯 살, 그리고 두 살 아이들을 두고
여행을 간다

설레는 마음에
하루가 한 달 같다

비행기에 오르던 날은 벅차
숨을 여러 번 고르고
샤를드골 공항에서는 많은 사람들을 배경으로
영화도 찍었다

내 감동이 대지와 산인지
아이들 등살에서 벗어난 기쁨인지 모르게
스위스 국경을 넘던 날

하늘 위 구름마다 세 아이 얼굴로
착시현상에 북받쳐
시커먼 터널이 나를 울게 한다
꺼이꺼이

아리랑 아리랑 아라리이요오

빨간색 다라이

설렘과 각오로 달음질하는 퇴근길
현관문을 열자마자
풀린 휴지 가득한
김장용 빨간 다라이
다시 잘 감아야 하는 게 오늘의 미션이다
어제는 까고 파고 씹어 놓은 귤 반 상자
그저께는 엎질러진 쌀과 섞인 장난감
뚜껑 열린 화장품
풀어 헤쳐진, 개어 놓았던 마른 빨래들
그 빨간색 다라이

할머니도 할아버지도
도저히 해결 못해서 미루어 둔 사건의 증거들

내 반드시 이 수고를
이 장난질을
기억하리라

적어 둔다

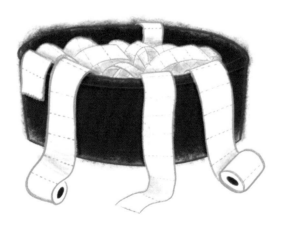

구더기

'장'으로 시작하는 이름표를 달고
둘째 딸이 학교에 입학했다
들어오면서 운다
어느 애가
자기 이름을 가지고 놀린다고

그 아이는 성이 뭐니
'구' 씨라고 한다

그럼 내일 가서 '구더기'라고 놀려

다음날
딸이 더 크게 울며 들어온다

엄마아
그 애가 구더기를 모올라아

팔로어십

사춘기 계단을 막 오른 아들이
학교에서 돌아와
반장 어쩌구 한다
무슨 말이든 하기 무서워
눈치 보던 틈을 타

한번 해봐
리더십 있는 사람 매력있어

모두 리더가 좋으면
팔로어는 누가 해?

불공정 거래

동화책 정리하고 자전거 타러 갈까
자전거 타지 말고 그냥 동화책 정리할까
자전거 타러 가요

이 밥 다 먹으면 색종이 사러 가고
색종이 사러 가기 싫으면 밥이나 마저 먹자
색종이 사주세요

잠깐 동생하고 놀아주면 엄마도 같이 놀이터에 갈게
놀이터에 가기 싫으면 동생이랑 집에서 놀자
놀이터에 가고 싶어요

장난감 정리 다 하면 목욕탕에서 실컷 놀고
목욕하기 싫으면 같이 장난감 정리하는 거다
목욕탕에서 놀 거에요

섹시한 남자

시골 외갓집 앞마당
고치는 데 만능인 아빠
그 모습에 익숙한 네 살짜리 딸
큰 머리 작은 머리 함께 맞대고
물펌프에 혼이 빠졌다

궁금한 할머니
믿거라 하는 엄마까지 조바심이 나던 중
시원하게 뿜어내는 물줄기에
다 같이 소리를 지른다

역시 우리 사위야
자랑하는 외할머니 앞으로
배를 내밀고 나서며

"그치 할머니
우리 아빠 차암 섹시하지?"

112

따르릉
여보세요?
거기 어린 꼬마애 살지요?
(사나운 말투로 낯선 아저씨가 묻는다)
예 그런데요, 무슨 일이시죠?
내가 그 집 전화번호 어떻게 알았을 것 같아요?
(틀림없이 이상한 사람이다)
끊겠습니다
여기 경찰서인데
전화 받으면 숨소리만 잠깐 들리고는
끊어버리는 장난 전화가 벌써 며칠 째인 줄 아세요?
번호를 추적해서 전화한 거란 말입니다
아! 그러셨군요. 저희는 몰랐습니다
죄송합니다, 죄송합니다

누가 했느냐고 묻는 말에
둘째가 대답한다

"엄마,
밖에 112로 신고하세요 라고 써 있어

그런데에 으음, 뭘 신고해?"

엄마는 뽀빠이

아이 셋을 데리고
앞산에 간다
동해 번쩍 서해 번쩍 얌체공 첫째
걷기를 싫어하는 둘째
어린 셋째

찻길이 나오면
두 짐보따리 양손에 잡고
소리를 지른다
얌체공이 튈 때마다 가슴은 철렁

돌아오는 길
등에 매달린 아이를 받쳐 든 양손에
작은 손 두 개 꼬옥 나누어 쥐고
팔뚝에 힘이 가득한

엄마는 뽀빠이

2부

줄서기

치열하게 기도했다.

아이들이 엄마를 일찍 잃지 않게 해달라고

맡겨놓은 것 달라고 하듯 기도했다.

아이들이 스스로를 잘 살아낼 수 있도록.

이제는

아들이 보낸 간단한 문자만 보아도 반가울 만큼

그들이 바쁘게 사니

안심이다.

구피의 탈출*

뱃속의 아이까지
세 아이를 데리고 구피를 탈출시킨다
매일 서너 번씩
백 번도 넘는 탈출이 버거워

이야기 아줌마
숨죽여 한꺼번에 두 장을 넘긴 날

네 살 둘째가
빼앗은 책 되넘기며

아니 아니

서툰 글자에 손 짚어
그 장면을 읽어낸다
삐뚤삐뚤

* 동화책 제목

줄서기

너를 안아보려고
기다리는 가족들은
시트콤 배우들

새치기 반칙왕
할머니는
맨 마지막 순서

내 아기는

줄 서 있는 낯선 이들을
가족으로 묶어 준

사랑스러운 중매쟁이

짝사랑

동네 모퉁이
사춘기가 무르익은 아들
친구들은 흐릿하게
특수효과로 처리된 내 눈 안으로
그가 들어온다
끌려가듯 달려가
다른 말을 채 잇기도 전에
아이가 비껴간다
부끄러움으로 마른
혀를 입천장에서 겨우 떼어 낸다

볼을 대고 매일
심장 소리를 들려주는
순한 얼굴

퉁명스러운 목소리로

친구들 있는 데서는 들이대지 마쎄요오

혜승이가 태어난 날

교통사고로 아빠를 잃을 뻔한 이틀 뒤,

3주를 마저 못 채운 아가로
11시간 30분 만에 태어났다

입술 꼬옥 다물고 나를 맞아준
신비 덩어리
네 모습 앞에
온갖 다짐으로
내 생에
가장 훌륭한 날이라 적어 둔다

혜남이가 태어난 날

너를 만나기로 예정된 지
일주일이 지나
오늘도 네가 오지 않으면
불러오리라 마음먹고
온 집안 대청소까지 하고 나니
사뿐한 걸음으로 스스로 왔구나
웃음이 든 것 같은 작고 통통한
발그스름한 얼굴을
심장에 새긴다
내 인생에
이런 감동이 또 오다니

혜강이가 태어난 날 1

30주
조산 위험으로 입원
지금 태어나면 살 수 없을 거라는 소견에
천 번도 넘는 주기도문으로 너를 지켰다

셋째는 아들이니
위기를 잘 넘기라는 의사선생님 말씀

고모가 가족들에게
'아들이야'라고
간단한 문자로 알렸고
삼촌은
그날

신생아실로 아기를 보러 갔다

혜강이가 태어난 날 2

남은 10주를 아찔한 마음으로
다독다독

예정일에 딱 맞추어
너는
아기 청년처럼 나타났다

긴 시간 잘 견디어 준
기특한 너를
드디어 품에 안았다

그리고
정말 내 아기가 맞느냐 몇 번을 물었다
어찌나 큰 형아 같던지

손님들은 몰라요

말썽 덩어리 첫째
따라 하기 신동들
있으나마나 한 휴전 협정
엄마는 아수라 백작*

"손님들이 많이 오셨으니
오늘은 동생들하고 싸우지 말고 놀아"

"응
아니면
엄마가 발로 찰 거지이?"

* 선과 악의 양면 얼굴을 가진 만화영화의 악당 주인공

교육 1

가만히 있어도 더운 여름날
졸린 기운에 아스라이 깜박

등이 기다란 할아버지 옆
앙증맞은 목소리
그림 카드 하나씩 집어 들며
화음과 불협화음 번갈아

따라 해
응

"채미"
…
…

"참외!"

교육 2

할아버지와 아빠가 새벽 낚시 가시며
알람 소리 가져간 날
1학년 4학년 6학년 세 아이
9시가 넘어
깨워 세수하라고 이른 뒤
나도 겨우 단장하고

식탁에 둘러앉은 아이들을 본다
학교 안 가아?

아침 안 먹으면 학교 못간다며어
세 아이 입을 모은다

밥 줘어

미아 신고

만삭을 핑계로
호기심 많은 아이들을
자주 놓친다

늦은 시간
동네 어귀마다 기웃기웃
조바심이 부추긴 두려움
숨쉬기가 어렵다

어떤 이가 안고 갔다는
수박무늬 원피스 아이
아예 숨이 쉬어지지 않는다

사람들 모여든 사이로
경찰서 아저씨보다 한 걸음 앞서
반가운 얼굴 두 개가 달려온다
자랑스럽게

"엄마,
다른 놀이터에다가도 모래집 짓고 왔어."

"응, 크게 지었어. 언니야 그치?"

보디가드

싱글벙글 아들
네 살에 드디어
그리도 무서워하던
청소기 소리 극복하더니

퇴근이 늦은 엄마
아침잠에 빠지고
청소기가 돌아가는 날이면
방문 앞에

양팔을 들고 오래도록 서 있다

청소기 돌리던 사람
이유를 묻는 말에 답하기를

"우리 엄마 자요
무서우면 아안대요"

눈나들

두 살 막내
있는 힘껏
걸음 총총하여도
도착하면 닫히는
비밀의 방

눈나 눈나
울음보 터뜨리면
엄마는 지원군
드디어 열리는 눈나들의 방

가까스로 들어가 앉으면
다른 방으로 뛰어가는

눈나 눈나들

새우깡

할아버지 담배 피우던 시절
네 살 손녀딸
새우깡 펼쳐 들며
같이 먹자 손 흔드네

과자 먹는 아이
검지와 중지에 새우깡을 끼우고
뽀얀 웃음
입술 모아 후 분다

부러 보여준 일 없는 할아버지
가슴에 덜컹
수십 년 피워 온 담배
그날로 끊었네

아이 돌 콘서트

돌잔치 날, 일주일 전
갑자기 일어서서 걷던 아이가
엄마가 부르는 노래에 맞춰 춤을 춘다

"꺼야 꺼야 잘 할 거야
 혼자서도 잘 할 거야"*

두 다리 겨우 흔들흔들
어설픈 안무에 관객이 더 기특하다
열렬한 박수와 환호에

돌박이 가수는 답례한다
터얼썩
주저앉는 것으로

* TV 프로그램 '혼자서도 잘해요'의 주제곡

부라더

아들 막내가 입학하고
둘째가 말한다
쉬는 시간마다 창밖을 본다고
체육시간 운동장에서
동생한테 함부로 했던 아이를
지켜본다고

다음날도
그 다음날에도

건장하게 태어난 1학년 아들보다
더 가느다란 팔다리
내 딸 둘째는
내 아들의 형아다

진통제 여섯 알

아이 셋 데리고 아침마다 치르는 전쟁
내 새끼발가락이 부러졌다

반깁스를 하고 현관에 들어서자
아이들 주르르 몰려 든다
순식간에 촉촉해진 눈망울
진통제 여섯 알

자식 키운 보람이라며 부둥켜안는다

괜찮아아?
응 괜찮아.
그럼, 음-, 우리 남이섬 갈 수는 있어?
어엉? 응!
와아아아- 저만치로 달려가 버린다

이틀 뒤
비까지 오는 날
오른발 깁스에 비닐봉투 동여매고
남이섬에서
자전거를 탔다

기차놀이

배가 불룩한 아빠 뒤로
긴 다리 소녀 첫째
열정적인 운동선수 둘째
안타까운 막내
바퀴 달린 신을 신고
칙칙폭폭

아파트 단지 여기저기서
대공원 나무, 사람들 사이에서
칙칙폭폭

팔월 더위를 쫓으며
줄지어 나란히
이어 두 해째
키만 자란 네 칸 기차가
칙칙폭폭

체육대회

올케보다 시누이가 더 안타깝다

첫아이가 입학한 뒤로
체육대회 날만 되면
조카를 설득한다
힘껏 달리라고

친탁이냐 외탁이냐를 가리기 위해

시누이와 올케는
학부모 달리기 선수가 된다
각자 다른 팀으로 달린다
있는 힘껏

일등을 자랑해도 소용없다

아이가 격려한다
그렇게 좋으면 내년에 또 하라고

다리가 후들거린다

척하면 척

20개월 된 아가의 말은 외계어다
'미미'는 인형
'미'는 솜이 들어있는 양 인형
'짜자'는 치약을 바른 칫솔
혀를 날름거리는 도널드 인형은 '찍찍이'
'아자'는 친구
아무도 모르는 아가의 말을
엄마는 알아챘다

네 살배기 말솜씨는 코미디다
로봇은 로트포
가방을 바강
문방구는 장방구
아무도 모르는 아가의 이야기를
엄마는 척척 알아듣는다

바강
가방

찍찍이

미

로트포
로봇

장방구
문방구

쯔자자

스캔

아들과 볼을 붙인다

숨소리로 전달되는
크고 작은 목소리
매일 10초

내가 잊으면
먼저 와서 볼을 대어 주는
기특한 일과

볼 맞대고 10초는
하루의 해결사다

자석

둘째 출산 후
6주 만의 출근 첫날
시선이 닿는 곳마다 떠오르는 아기 얼굴

다녀왔습니다
목소리가 들리자마자
아기는
고개를 위로 꺽고
내가 다가갈 때까지
목이 따라 움직인다

신기한 내 분신

태몽

외할머니와 아빠가 꾼 똑같은 꿈
아기 호랑이가 집에 들어와
고모 품에 안기는 첫째 꿈

황금빛 물고기가 꽉 차게 담긴
큰 그릇을 이고
집으로 들어 온 엄마의 둘째 꿈

돌아가신 할머니가
먹어보라고 권하는 가지를 입에 대고
실제로 침을 흘린 엄마의 셋째 꿈

혜녀

고모, 왜 내 이름에는
'남' 자가 들어 있어?
어떤 아이가 자꾸 놀려
남자도 아닌데 왜 '남' 자가 들어가냐고

그럼 네 이름을 바꿔 줄까?

어떻게 바꿔 줄 건데?

으음-,
'혜녀'는 어때?

……

기어코
고모는
아이를 울린다

수용소

작은집 큰집
열 식구가
한여름을 나게 되었네

밤마다 마루에 모여
하나밖에 없는 에어콘 아래 눕는다

"아이 좁아아"

"자다가 움직이고 싶으면 어떻게 해?"

"응, 엄마가 두 시간마다 호루라기를 불게?
 그때마다 한꺼번에 돌아눕기로 하자."

"칫! 그런 게 어딨어?"

누가 더 좋아?

엄마, 어른들은 이상해

왜?

엄마가 좋으니 아빠가 좋으니
하고
왜 물어봐?

그럼 너는 누가 더 좋아?

당연히 아빠지!

술래잡기

3분 이상 조용하면
엄마는 술래가 된다

싱크대 속, 옷장 속
변기통 물장구

고요한 지 10분
소스라쳐 아이를 찾는다

밀가루를 뒤집어 쓴
하얀 얼굴 두 개가
마주 앉아 웃고 있다

만족스럽게

고백

글씨를 배우고는
의욕에 넘친 둘째 딸
깍두기 공책에
매일 편지를 씁니다

"아빠 사랑하요
 수물 세 방 자면
 아삐 생일이이요"

아빠 사랑하요

수무 세 배 재며

아빠 생이이이요

욕심

엄마가 죽으면 우리 딸은 어쩌지?

…

안되겠지?

엄마가 죽으면 없어지는 거야?

응

그럼 엄마 꺼 다 내가 가져도 돼?

외출

옷 입히기 까다로운 둘째와
외출하는 날은
전쟁이다

내가 내가

기대하던 가족들
모델의 출현에 어이가 없다

싸늘한 4월
윗옷은 홑겹 점퍼 하나
손수건으로 배를 묶은 맨다리

아이를 덥석 안아 올리는
오늘의 용사는
아빠다

으아앙

떡잎만으로는 알 수 없다

열 번 중 아홉 번은 아니 싫어
동화책 한 권도 겨우, 배를 가로질러 팔로 묶고
피아노 연습 한 곡에 물 마시기 다섯 번
가만히 눈 맞추기는 2초가 한계
누구의 물건이든 만져보기

'좀 이상한 아이'
남의 말에 흔들려 많이 울었다
정도의 차이일 뿐
아이들은 다 그런 줄도 모르고

나를
쉬지 않고 기도하게 해 준 기특한 선물

하루도 포기하지 않고 떼쓴 억센 마음에
어리석은 부모로는 알 수 없던 꽃이 피고
하나씩 피는 그 꽃은 얼마나 예쁜지

나를
매 순간 감사하게 해 준 하늘의 열매

3부

프렐류드

어릴 때는 개구쟁이 어린아이로
성실한 학생으로
많은 기쁨을 주었던 자식들이
어른스럽게 내 품을 떠나는 것에
축복하며 응원을 보낸다.
키우는 동안 에너지와 시간과 마음을 다하였노라고
자신 있게 말하던 나는 어디에 갔을까
뭔가 빠뜨린 것이 있는 사람처럼 두리번거린다.
오직 감사함으로
아쉬움을 마음에서 비운다.

어린 공원

나무가 울창하지 않은 공원은
헐거워서 좋다
새소리 가볍고
걸음걸이 감싸주는
정겨운 잔디
그늘이 많지 않은 트인 숲

어린잎 작은 가지
빛이며 바람 앞에
숭고하다

그 어린잎을 가지고
굳이 무얼 피우려
그 어린 가지를 가지고
무얼 만들고자

해야 할 일인 줄 알았건만

내 몸 힘을 빼고
공허한 마음으로 앉으니
그저
바람이고 빛이었어도 되었네

O형 엄마, B형 자식들

사소한 것도 이유를 달아
에둘러 부탁하는
O형 엄마
명령문으로 말해달라는
B형 자식

열심히 살고 있다고
취미생활 자랑하는 엄마
그 분야를 잘 모르니
할 말이 없다는
똑부러지는 자식

마음 알아달라고
이 말 저 말 붙이는 엄마
그래서
요점은 무엇이냐고 묻는 자식

삼십 년 전 B형 남편한테 들었던
그 대사를

어떻게 알았을까

투 레이트

사느라 바빠서 그러했노라고

그땐 나도 젊어서 몰랐을 거라고

일 개 한 점 같은 사람이어서 그럴 수밖에 없었다고

수고하느라 안간힘을 썼노라고

어리석은 욕심에 조급했었다고

수십 가지 변명을 준비해도 소용없다

자식에게 부모는 지각투성이

밥집

가끔
남이 해 준 밥을 먹으러 간다
맛있다 6천 원
반찬 맛으로
맞춤법을 용서한다
따뜻한 국 국물 같은 주인장 인사
들어오는 사람마다 싱글벙글
나가는 사람마다 씨 유 어게인

사는 게 팍팍할 때
이 밥집에 오면
어린 시절
허름하고 군내 나는 방 아랫목에서
노곤한 잠 개운하게 떨치고

내 할머니가
차려준 밥상을 받는 추억으로
몸과 마음의 영양 보충을 한다

그리움

길가다
모습 얼핏 비슷한 분 스치면
가슴이 쏴아 하게
그리움에 사무치는 사람 있어요
어린 시절
내 시종이십니다

별로 일군 일 없이 살다 간
한 사람이지만
나를 향한 웃음만큼은 가득했던 사람 있어요
무심한 청년 시절
내 동거인이십니다

이제야 비로소
자식들 어여쁜 힘이
저절로인 줄 알았던
내 몸속에
화수분 같은 에너지로 남아 있는
추억의 힘

내 아버지이십니다

엄마

엄마는 거짓말쟁이
나는 괜찮다

엄마는 성우
늘 쨍한 목소리

엄마는 연인
너만 보이더라

엄마는 고집쟁이
혼자서도 잘할 수 있다

공감

얼마 전 손자를 본 할머니
근질거리는 몸 어찌하지 못하고
휴대폰 속 사진을 들이민다

더 예쁠 것도, 안 예쁠 것도
자랑이라 할 것도 없는
사랑스러운 아이

밥 모임 좋다는 게 뭔가
식구처럼 지내자는 것

누군가의 뒷얘기는 시간 가는 줄 모르면서
야박하기도 하지
남의 아기 이쁜 짓은 돈 받고 보려 하네

호흡기

떼어라 말아라 달지 말아라
붙이는 것에도
떼면 큰일 나는 줄 알았던 호흡기에도
의견이 생겼다

누구를 위한

누구에 의한

누구의 마음일까

프렐류드*

쉽고 단조로운 또렷한 음표
악기가 소리를 내면
뜻밖의 세상이 열린다

부단한 연습으로 다다른 음높이
사이사이
숨의 깊이를 정할 수 없는
완성의 소리

아무리 익숙해도
'새로 고침'으로 설정되는

내 하루 같은
내 인생 같은

* 바흐의 무반주 첼로 모음곡 1번 중 첫 번째 곡

감사의 말

코로나라는 화두에서 벗어날 수 없었던 시기에, 나는 어린 시절의 내 아이들에게로 시간여행을 다녀왔다. 그 추억이 이렇게 책으로 나오게 된 것은 친구이자 시인인 최경선 님이 내 마음의 끝에 버티고 있던 망설임의 꼬투리를 시원하게 잘라내어 준 덕분이다. 육아를 경험했던 엄마로서 나의 글을 지지해준 친구에게, 작가로서 도움의 말을 아끼지 않았던 그녀에게 고마움을 전한다. 그리고 헐렁헐렁한 글의 공백을 채워 줄, 예쁜 그림을 그려 준 조카 혜서에게도 고마움을 전한다.

2021년 9월, 교정을 마치고

O형 엄마, B형 자식들

이경원 지음

발 행 처 · 도서출판 청어
발 행 인 · 이영철
영   업 · 이동호
홍   보 · 천성래
기   획 · 남기환
편   집 · 방세화
디 자 인 · 이수빈 ┃ 김영은
제작이사 · 공병한
인   쇄 · 두리터

등   록 · 1999년 5월 3일
(제321-3210000251001999000063호.)

1판 1쇄 발행 · 2021년 10월 20일

주소 · 서울특별시 서초구 남부순환로 364길 8-15 동일빌딩 2층
대표전화 · 02-586-0477
팩시밀리 · 0303-0942-0478

홈페이지 · www.chungeobook.com
E-mail · ppi20@hanmail.net
ISBN · 979-11-5860-984-9(03810)

본 시집의 구성 및 맞춤법, 띄어쓰기는 작가의 의도에 따랐습니다.